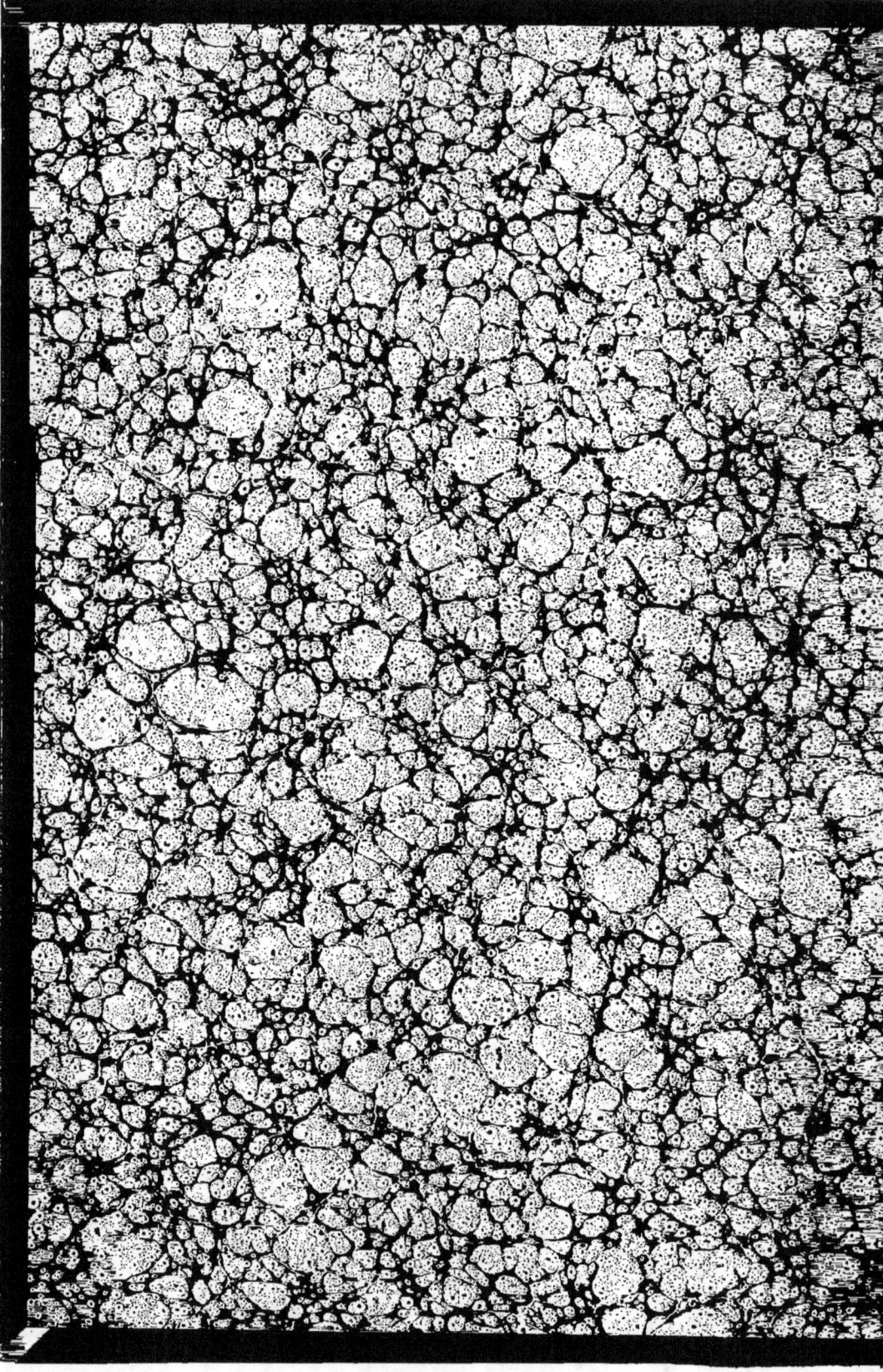

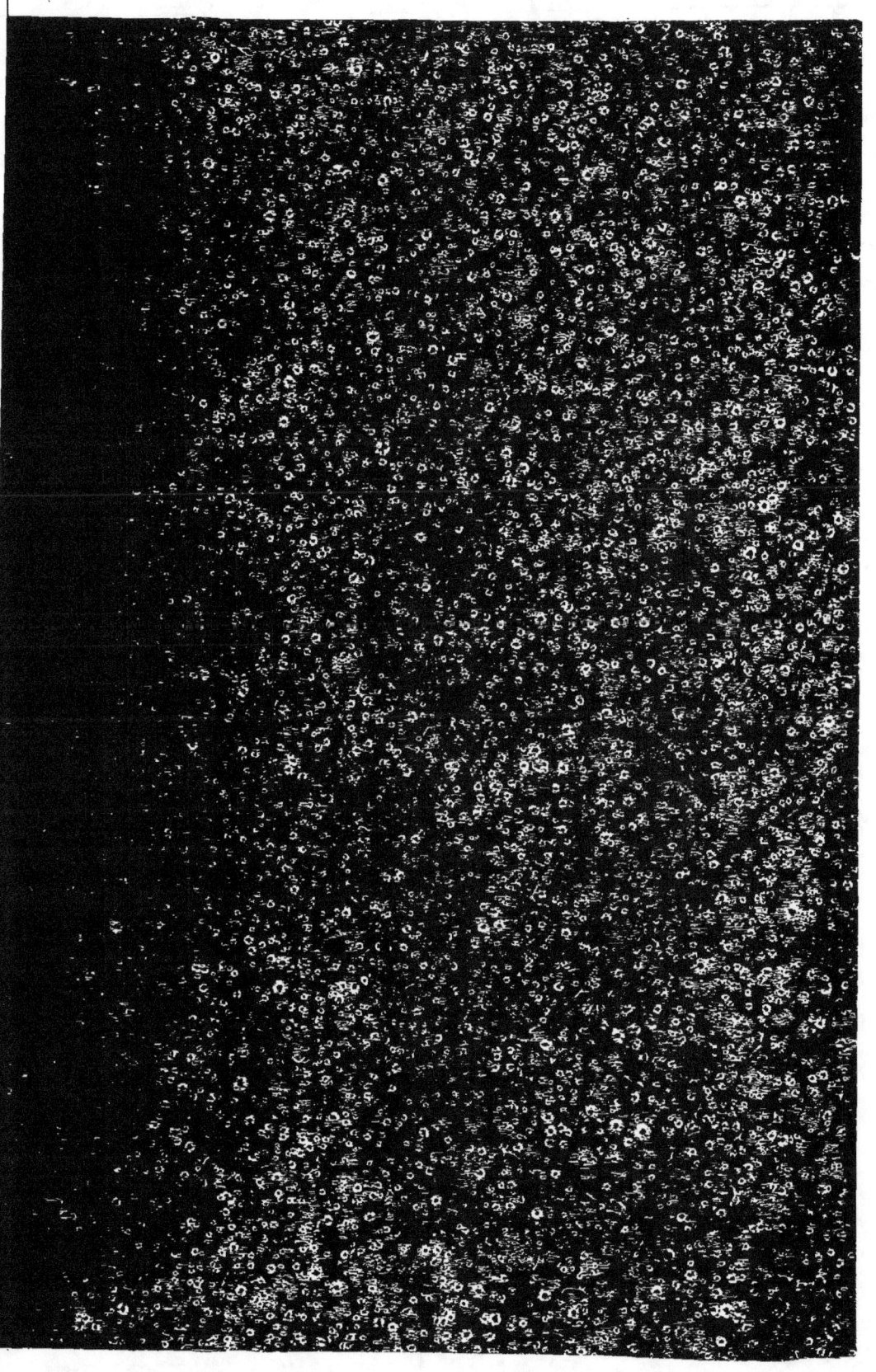

LA NUIT

ET

LA JOURNÉE

DU 29 SEPTEMBRE 1820.

Seconde Edition.

~~~~~~

IMPRIMERIE DE P. DUPONT.

~~~~~~

Se vend aussi chez
{
Le Normant, Rue de Seine;
Pichard, Quai Conti; n°. 5;
Pillet, Rue Christine;
Et tous les libraires des départemens.

LA NUIT

ET

LA JOURNÉE

DU 29 SEPTEMBRE 1820,

OU

Détails authentiques de tout ce qui s'est passé
le jour de la naissance de *Monseigneur le Duc
de Bordeaux;*

DÉDIÉS AUX BORDELAIS

Par M. Alissan de Chazet,

*Chevalier de l'Ordre Royal de la Légion d'honneur,
et auteur de l'Éloge historique de Monseigneur le Duc
de Berry.*

Uno avulso non deficit alter.....

Oui, pour jamais il faut que de ce tronc sacré
Les rameaux divisés, et courbés par l'orage,
Plus unis et plus beaux, soient notre unique ombrage!

Adélaïde Duguesclin.

A PARIS,

CHEZ PONTHIEU, LIBRAIRE,

Palais-Royal, Galerie de Bois, n.° 201.

1820.

AVANT-PROPOS.

***

Mon titre indique mon sujet : il paraît circonscrit; il est immense : *la nuit et la journée du 29 septembre* ont été tellement remplies de faits et d'incidens qui se pressent et se succèdent, que j'ai cru devoir les réunir et les classer. Le lecteur aura plus d'une fois l'occasion d'admirer le courage, l'admirable présence d'esprit, et la sensibilité profonde d'une Princesse en qui l'on retrouve tout à la fois Blanche et Jeanne d'Albret : il sera ému de la joie si pure, de l'union si touchante de cette famille adorable, qui ne devrait pas avoir d'ennemis puisqu'elle ne sait pas haïr, et dont l'âme a de la place pour tant de vertus et tant de pardons. Je réponds de l'exactitude des faits, des anecdotes, des réparties, etc. etc. ; les sources où j'ai puisé sont des garanties. Si j'ai laissé quelques incorrections, la célérité du travail sera mon excuse : d'ailleurs, ce n'est pas l'histoire que j'écris ; ce sont des matériaux que j'offre à ceux qui voudront l'écrire.

AUX HABITANS DE BORDEAUX.

B RAVES BORDELAIS!

C'est à vous, c'est aux compatriotes de Henri IV que je dois, que je veux dédier un ouvrage qui renferme des détails historiques sur la naissance de M*sup;r le Duc de Bordeaux! Son nom est votre récompense; que ma dédicace soit mon hommage. Quel Français peut avoir oublié votre dévouement si noble et si pur à la cause de nos Rois! Quatre époques immortelles ont consacré vos sentimens héroïques : le 12 mars 1814 votre ville ouvre la première ses portes au Duc d'Angoulême.

et le respectable comte de Lynch fait au général anglais cette réponse trop peu connue
et bien digne d'être citée :

« Général, si c'est en vainqueur que vous
» vous présentez, je n'ai rien à vous dire;
» mais si vous venez comme allié de notre
» souverain légitime, Louis XVIII, qu'il
» sache que nos bras, nos cœurs et nos for-
» tunes sont à lui. »

Qui peut avoir oublié votre noble ambas-
sade à Hartwell, près *du Roi de l'adversité* (*a*), et l'enthousiasme avec lequel vous

---

(*a*) Le corps municipal de Bordeaux chargea
M. de Tauzia de se rendre auprès du Roi pour
déposer à ses pieds l'hommage de la fidélité des
Bordelais : M. de Tauzia arriva à Hartwell le 25
mars 1814, jour de l'Annonciation.

Le Roi et Madame, Duchesse d'Angoulême, as-
sistaient à la messe dans la chapelle d'Hartwell
lorsque S. A. R. Madame aperçut, de l'endroit où

reçûtes cette **Princesse auguste**, qui a tous les genres de courage, excepté *celui de voir les Français malheureux !* et la joie qui

---

elle était placée, une voiture dont le postillon avait une cocarde blanche. Au mouvement de la Princesse tous les regards se portèrent vers le parc, et bientôt après M. le duc de Grammont et M. le comte de Blacas allèrent recevoir les envoyés, et s'informer du sujet de leur mission.

A l'issue de la messe M. de Tauzia eut l'honneur d'être présenté à sa Majesté par M. le comte de Blacas.

Le Roi était assis dans son salon : debout, vis-à-vis sa Majesté, on voyait Madame, Duchesse d'Angoulême, et autour d'eux, à quelque distance, le vénérable archevêque de Reims, MM. les ducs de Lorges, d'Havré, de Sérent, de Castries, le vicomte d'Agoult, le comte de Pradel, le chevalier de Rivière, et ce brave Durepaire, si célèbre par son héroïque dévouement !

M. de Tauzia s'avança plein d'émotion, et remit à sa Majesté la lettre de M. le comte de Lynch, en essayant d'exprimer en peu de mots combien il

vous enivrait à son arrivée dans vos murs
et le désespoir qui brisait vos cœurs, lorsque
votre Princesse, votre Héroïne vous quitta

---

se sentait glorieux de l'honorable mission que la
ville de Bordeaux lui avait confiée. Le Roi garda
quelque temps le silence ; mais sa noble figure
retraçait tous les sentimens de son âme. Sa Majesté
dit enfin avec un attendrissement qu'elle ne cher-
chait point à vaincre : « Je suis si ému que je ne
peux parler. » En disant ces mots le Roi tendit la
main à M. de Tauzia : celui-ci allait s'incliner pour
la presser de ses lèvres, lorsque sa Majesté lui ou-
vrit ses bras !!! Qu'on se peigne, s'il est possible,
le ravissement de M. de Tauzia ! accueilli par son
souverain, comme il aurait pu l'être par un père
tendre, et pouvant sentir près de son cœur les batte-
mens du cœur de son Roi, combien il dut alors se
trouver heureux et fier de représenter au pied du
trône la seconde ville du royaume, et la première
des villes rendues à l'autorité légitime !

Sa Majesté reprit peu à peu du calme. Elle en
profita pour présenter M. de Tauzia à Madame, et

en vous adressant ces touchans adieux :
» Braves Bordelais ! un dévouement sans bor-
» nes ne vous laisse point entrevoir le danger;

---

pour le questionner sur les événemens du 12 mars.
Ce bon Prince daigna l'assurer qu'il n'avait jamais
attendu moins de la bonne ville de Bordeaux,
dont il connaissait depuis long-temps l'excellent
esprit. Madame ne se lassait point d'entendre les détails de l'entrée de Monseigneur le Duc d'Angoulême à Bordeaux, et en fit plusieurs fois répéter
le récit.

Le Roi chargea M. de Tauzia de remettre à M. le
comte de Lynch une lettre ainsi conçue :

« Monsieur le Comte de Lynch,

» C'est avec ce sentiment qu'un cœur paternel
» peut seul éprouver que j'ai appris le noble élan
» qui m'a rendu ma bonne ville de Bordeaux. Cet
» exemple sera, je n'en doute pas, imité par toutes
» les autres parties de mon royaume; mais ni moi,
» ni mes successeurs, ni la France n'oublierons
» jamais que, les premiers rendus à la liberté, les

» mais mon attachement pour vous, pour
» tous les Français m'ordonne de le prévoir;
» mon séjour plus long-temps prolongé dans
» votre ville pourrait aggraver votre posi-
» tion, et faire tomber sur vous le poids de
» la vengeance : *je n'ai pas le courage de voir*

» Bordelais furent aussi les premiers à voler dans les
» bras de leur père. J'exprime faiblement ce que je
» sens vivement; mais j'espère qu'avant peu, rendu
» moi-même dans ces mûrs où, pour me servir du
» langage du bon Henri, *mon heur a pris com-*
» *mencement*, je pourrai peindre mieux les senti-
» mens dont je suis pénétré.

   » Je désire que vos concitoyens le sachent par vous,
» ce premier prix vous est bien dû ; car malgré votre
» modestie, je suis instruit des services que vous
» m'avez rendus, et j'éprouverai un vrai bonheur en
» acquittant ma dette. Sur ce, je prie Dieu, M. le
» comte de Lynch, qu'il vous ait en sa sainte et digne
» garde.

                        » *Signé* Louis. »

Hartwell, le 31 mars 1814.

» *les Français malheureux*, et d'être la cause
» de leur malheur. Je vous quitte, pénétrée
» des sentimens que vous m'avez exprimés,
» et vous donne l'assurance qu'ils seront
» fidèlement transmis au Roi.

» Bientôt, avec l'aide de Dieu, dans des
» circonstances plus heureuses, je vous té-
» moignerai ma reconnaissance et celle du
» Prince que vous chérissez.

« MARIE-THÉRÈSE. »

1ᵉʳ avril 1815.

C'est à Bordeaux que l'on a vu flotter le
premier drapeau blanc! c'est à Bordeaux que
les élections ont toujours été françaises! (1)

---

(1) Au premier rang des écrivains Bordelais qui ont
des droits à la reconnaissance des royalistes il
faut placer M. Edmond Géraud et M. Augustin
Soulié : ils rédigent depuis plusieurs années avec
un talent remarquable *la Ruche d'Aquitaine*,
excellent journal qui inspire tant d'effroi aux ré-

c'est à Bordeaux que le corps entier des avocats a conservé intact l'honneur du barreau, et a su garder, pendant les cent jours, un silence plus éloquent que les plus beaux discours! c'est de Bordeaux enfin que des femmes, cédant à la voix de leurs cœurs et à l'impulsion de leur dévouement, sont venues déposer aux pieds d'une veuve héroïque le berceau d'un Bourbon, d'un Duc de Bordeaux !

Braves Bordelais ! voilà vos titres ! ils sont immortels. Je connais vos sentimens ; je les partage : je suis sûr que vous verrez avec un extrême plaisir, et que vous lirez avec avidité, comme tous les bons Français, le tableau d'une nuit miraculeuse et d'une journée

---

volutionnaires, qu'ils l'appellent *la Quotidienne du Midi*. M. Augustin Soulié est aujourd'hui rédacteur en chef de *la Quotidienne* de Paris.

historique; j'en ai tracé l'esquisse à la hâte : je vous en offre la dédicace; et puisque tous les royalistes dignes de ce beau nom sont amis et compatriotes, je vous prie de recevoir avec bienveillance l'hommage du vif attachement et de la haute considération avec lesquels j'ai l'honneur d'être,

BRAVES BORDELAIS !

Votre admirateur,
votre compatriote et ami.

ALISSAN DE CHAZET,

Chevalier de l'ordre royal de la Légion d'honneur, auteur de l'Éloge Historique de Mgr. le Duc de Berry.

~~~~~~

LA NUIT

ET LA JOURNÉE

DU 29 SEPTEMBRE 1820.

AVANT l'attentat du 13 février S. A. R.
madame la Duchesse de Berry, uniquement
occupée de rendre heureux un époux
adoré, cultivait paisiblement les douces vertus qu'on a toujours remarquées en elle,
et qu'elle avait pour ainsi dire puisées
dans son âme : bénir Dieu, caresser sa fille,
soulager les malheureux, tel était son seul
bonheur, telle était sa vie. Restée veuve par
le plus horrible des crimes, elle sentit s'o-
pérer subitement en elle une grande méta-

morphose; tout le monde s'en aperçut, et l'ange de paix devint la *femme forte* de l'écriture : elle apprit qu'on ne mourait pas de douleur. *Charles* lui avait ordonné de vivre; elle obéit, et vécut pour un autre lui-même. Six heures après la mort de Mgr le duc de Berry, S. A. R. dit à un vertueux ecclésiastique : *C'est fini! mon sacrifice est fait! je suis prête à tout : j'ai promis à Jésus-Christ d'avoir du courage, et j'en aurai!* La France et l'Europe savent qu'elle a tenu parole.

Sa vie, depuis le 14 février jusqu'au 29 septembre, n'a été qu'une longue suite de prières, de bonnes actions; et les personnes distinguées qui l'entourent ont été plus d'une fois frappées de la force de ses pensées et de l'énergie de ses expressions. Après être restée renfermée pendant cinq semaines, la Princesse se décida à respirer un moment, et elle se promena pour la première fois, le 20 mars, sur la terrasse du bord de l'eau.... Le 20 mars!...

S. A. R. n'a jamais douté qu'elle mettrait

au monde un prince; et le 21 septembre 1819, lorsqu'elle accoucha de Mademoiselle, elle dit, au milieu de ses souffrances : « Ras-
» surez-vous, dans un an vous aurez un
» duc de Bordeaux ». Cette idée conso-lante prit à ses yeux encore plus de consis-tance, à la suite d'un rêve fort extraordi-naire qu'elle fit au mois de mai dernier. Voici comment elle l'a raconté elle-même aux personnes de sa maison : « Cette nuit
» j'étais à l'Elisée ; je tenais par la main
» mes deux enfans, ma fille, et un jeune
» prince : j'ai vu alors très-distinctement
» St. Louis ; il voulait couvrir de son man-
» teau royal Mademoiselle ; je lui ai aussi
» présenté mon fils, et le saint Roi nous a
» enveloppés tous les trois dans son man-
» teau, nous a bénis, et a couronné mes
» enfans. »

C'est ce songe prophétique et touchant que M. Prosper Rodier, aussi recommandable par ses talens que par ses principes, a rendu en vers très-harmonieux; je les rapporte ici, et je suis sûr que S. A. R. les lira avec grand plaisir.

SONGE.

(Récit historique.)

Tous les soirs, quand la nuit, lentement ramenée,
Me dit d'interroger l'emploi de ma journée,
Je demande d'abord à mon cœur inquiet,
Si j'ai pensé toujours que CHARLES me voyait.
Son portrait me répond, m'avertit, m'encourage.
Hier, pleine d'espoir, consultant son visage,
J'ai cru le voir sourire..... Un calme inattendu
Dans mes sens agités s'est bientôt répandu :
Enfin, et par degrés, j'avais senti renaître
Un sommeil que mes yeux ne croyaient plus connaître :
Je goûtais malgré moi ce repos d'un moment,
Quant tout à coup.... jugez de mon saisissement !
Mes yeux se sont ouverts ; de mes lambris funèbres
Une pâle lueur a percé les ténèbres ;
Et, lorsqu'un saint effroi déjà me pénétrait,
Rayonnant de clartés, Saint Louis m'apparaît.
C'est lui ; j'ai reconnu sa tête vénérable,
De son noble maintien le calme inaltérable.
Il s'arrête, il m'appelle, et d'un signe nouveau,
De ma fille endormie indique le berceau.

J'y vole ; mais que vois-je ! et quelle autre merveille !
Près d'elle un jeune enfant tranquillement sommeille.
O couple aimable et cher ! tableau plein de douceur !
J'entoure de mes bras et le frère et la sœur ;
Et, toute à mon bonheur, je cours, mère orgueilleuse,
Présenter au saint Roi ma charge précieuse.
Le céleste Monarque, alors s'approchant d'eux,
De son manteau royal les couvre tous les deux,
Les bénit, et, prenant son sacré diadème,
De son auguste main les couronne lui-même.
Cher époux, vois ton fils, vois ce nouveau Bourbon !
Charles ! Charles !... Hélas ! je m'éveille à ce nom....
Dieu puissant ! m'écriai-je, accomplis l'espérance
Que ta miséricorde envoie à ma souffrance !
La France t'en conjure ; entends ma voix !.... Soudain
J'ai senti mon enfant s'agiter dans mon sein.

Forte de ses pressentimens, qui étaient
devenus des certitudes, la Princesse con-
tinua à développer ce grand caractère qui
lui a concilié l'admiration universelle,
et qui l'élevera si haut dans l'histoire.
On lui représentait un jour qu'il était pé-
nible pour elle de traverser la foule pour
aller respirer sur la terrasse du bord de
l'eau ; on lui faisait observer qu'il y avait des

souterrains, et, qu'en y passant, elle pourrait gagner la terrasse plus commodément:
Je ne veux pas, dit la Princesse; *ils croi-
raient que j'ai peur.* Lorsqu'elle apprit la
révolution militaire de Naples elle s'écria :
« C'est fâcheux; mais les événemens peu-
» vent changer : *d'ailleurs j'ai dans mon*
» *sein un prince qui pourra relever le*
» *trône de son bisaïeul* ».

Un misérable essaie-t-il de troubler son
repos ou même de compromettre son existence par des pétards incendiaires, elle dit
avec la plus grande énergie : « Ils voudraient
» bien m'effrayer; mais ils n'y parviendront
» point; le sang de Louis XIV et de Marie-
» Thérèse coule dans mes veines ».

C'est ainsi qu'une Princesse de vingt-
deux ans, s'élevant au-dessus de son sexe,
au-dessus d'elle-même, grandie par sa posi-
tion , préludait aux destinées brillantes que
Dieu réservait à ses vertus.

Depuis le 15 septembre on s'occupait du
grand événement auquel se rattachaient les

espérances d'un peuple entier : déjà les
dames de Bordeaux avaient réalisé l'ingé-
nieuse pensée d'offrir à la plus courageuse
des mères un berceau pour l'enfant royal;
déjà la nourrice avait été choisie : sa conduite admirable pendant les cent jours était
la meilleure garantie de ses principes; sa
santé parfaite rassurait pour celle de son
auguste nourrisson; son nom était d'un
heureux augure : on aimait à penser que le
frère de lait du Duc de Bordeaux s'appelait
Bayard. Cependant rien n'annonçait encore que l'événement fût immédiat, et le
28 septembre, à neuf heures du soir, le Roi
avait dit à l'ordre : « Je ne crois pas que
» madame la Duchesse de Berry accouche
» avant cinq ou six jours ». L'intention de
S. A. R. était de faire placer son lit dans son
salon; d'avoir au-dessus de sa tête le portrait
de Mgr. le Duc de Berry, peint par Gérard,
et devant ses yeux le tableau de Kinson;
mais, ne se croyant pas si près du jour dé-
cisif, S. A. R. n'avait pas encore ordonné que

l'on fît ces dispositions, et elle se coucha sans prévoir que le lendemain 29 septembre elle comblerait les vœux de ses trois familles, en donnant le jour à un Prince qui devait réunir tous les Français dignes de ce nom autour de son berceau sacré.

NUIT DU 29 SEPTEMBRE 1820 (1).

Deux heures.

MADAME DE VATHAIRE , première femme de chambre de S. A. R. madame la Duchesse de Berry, et madame Bourgeois, femme de chambre ordinaire, venaient de se retirer, et avaient laissé la Princesse en parfaite santé : à peine étaient-elles endormies, qu'elles sont réveillées par ces mots : « Allons, vite, vite ! » il n'y a pas un instant à perdre. » Elles se précipitent au lit de la Princesse ; et Mme de Vathaire , qui, par suite d'une confiance bien méritée, garde entre ses mains la clef des appartemens des enfans de S. A. R., court avertir M. Déneux , madame la duchesse de Reggio et madame la vicomtesse de Gontaut : pendant ce temps

(1) Voyez les notes de la fin.

madame Bourgeois reçoit l'enfant, et la Princesse s'écrie: » Quel bonheur! c'est un » garçon , c'est Dieu qui nous l'envoie. »

. Deux heures un quart

L'accoucheur est à peine entré dans la chambre que la Princesse lui dit: « M. Déneux, nous avons un Prince ; je suis accouchée sans douleurs; je suis bien, ne » vous occupez pas de moi; mais soignez » mon enfant: n'y a-t-il pas de danger à le » laisser dans cet état? — Non, Princesse, » répond l'accoucheur; l'enfant crie très-» fort; il respire librement; en un mot il » est si bien qu'il peut y rester jusqu'après » la délivrance, lors même qu'elle n'aurait » lieu que dans une heure. »

M. Bougon, premier chirurgien de Monsieur, et M. Baron (*a*), médecin des enfans

---

(*a*) Il est à remarquer que MM. Bougon et Baron, qui dans la nuit du 14 février avaient préservé S. A. R. Mᵐᵉ la duchesse de Berry des effets de son violent désespoir, et l'avaient portée jusqu'à sa voide S. A. R. madame la Duchesse de Berry, arrivent, et lui donnent les mêmes assurances. « En ce cas, dit la Princesse, ne » coupez point le cordon; je veux qu'on le » voie tenant encore à moi, et qu'il est bien » le mien. »

Deux heures vingt minutes.

Madame de Vathaire revient : la Princesse demande les témoins; un garde de MONSIEUR se présente. « Vous ne pouvez pas, » dit la Princesse avec une présence d'es- » prit admirable ; vous êtes de la maison : » qu'on aille chercher des gardes natio- » naux. » Pensée noble et touchante qui lie par un nœud plus étroit et plus doux la

---

ture, aient été les seuls docteurs appelés par la Providence à témoigner à la France et à la postérité la naissance du Prince dont ils avaient peut-être sauvé l'existence.

M. Bougon semblait d'ailleurs représenter dans cette circonstance les Français fidèles qui, comme lui, avaient suivi en Belgique le panache blanc de Mgr le Duc de Berry.

garde nationale à son Prince : elle l'a vu naître ; elle saura le défendre (*a*).

Deux heures et demie.

Madame la maréchale duchesse de Reggio et madame la vicomtesse de Gontaut entrent chez la princesse, qui dit à la première de ces dames : « Je suis étonnée moi-même » d'être accouchée si vite. » Et à la seconde : « C'est Henri. » MM. Lainé, Paigné, Dauphinot, Triozon – Sadony, gardes nationaux de la 9me légion, entrent dans l'appartement de S. A. R., qui leur dit : « Messieurs, » vous êtes témoins que c'est un prince ; il » n'est pas encore détaché. »

(*a*) M. le chevalier Gory, écuyer porte-manteau de S. A. R., traverse les cours des Tuileries pour arriver au poste ; la sentinelle lui crie *qui vive :* Il répond *France.* On veut tirer sur lui ; mais il continue à courir, et ramène trois témoins et un officier de la garde royale.

Deux heures trois quarts.

M. le maréchal duc d'Albufera arrive, et la Princesse lui dit: «Venez, maréchal; nous
» vous attendons pour enlever mon fils de là:
» voyez; il tient à moi; il n'en est pas encore
» séparé, et ne le sera que lorsque vous l'au-
» rez bien vu. M. Déneux, faites voir au ma-
» réchal que vous n'avez pas encore coupé le
» cordon. »

Comment songer sans admiration au courage sublime d'une jeune Princesse, faible et délicate, épuisée par les souffrances d'un enfantement aussi prompt, qui, s'élevant tout-à-coup aux plus hautes considérations de la politique, suspend sa délivrance par un effort volontaire, et pense au Roi et à la France quand il lui eût été bien permis de penser à elle et à son enfant! *O altitudo !*

M. le maréchal Suchet, émerveillé d'un si rare courage, s'écrie (dit-on) : « Quel
» admirable caractère ! le fils d'une pa-
» reille femme doit être un grand homme. »

M. le duc de Coigny, M. le comte de Nantouillet, Mgr. l'évêque d'Amiens, entrent ensemble : on annonce Monsieur.

Trois heures.

LL. AA. RR. Monsieur, Madame, et Mgr. le Duc d'Angoulême arrivent presque à la fois. La figure de Monsieur, toujours si noble et si belle, paraît comme éclairée d'un rayon divin. *Où est-elle ? où est-il ?* Tels sont les premiers mots que prononce Madame; et elle embrasse à la fois sa sœur, son père, son mari et son neveu; Madame la Duchesse de Berry, se rappelant alors les craintes de ceux qui pensaient qu'elle aurait une fille, et la vision qu'elle avait eue, dit : « Vous » voyez bien que Saint-Louis en sait plus » que nous. »

Trois heures un quart.

Le Roi arrive; mais Mme la Duchesse de Berry, extrêmement fatiguée, se repose cinq minutes, et Monsieur va dans le salon voisin pour recevoir S. M. Les témoins de cette scène

sublime peuvent seuls s'en faire une idée.
Ces deux augustes frères s'embrassent et ne
peuvent parler. « Vive le Roi! sécrie enfin
» Monsieur en pleurant de joie ». Quel beau
jour, répond le Roi en l'embrassant encore;
et il entre chez S. A. R.

Trois heures vingt minutes.

Le Roi se jette dans les bras de la Princesse
et lui dit: « Dieu soit béni! vous avez un
» fils; » et il remet à son auguste nièce un
magnifique bouquet de diamans, en lui
disant : « Ceci est pour vous, et ceci est
» pour moi; » aussitôt il prend le Duc de Bordeaux et l'embrasse. La Duchesse montrant
d'une main le bouquet, et de l'autre l'enfant,
dit au Roi. « Sire, ce n'est qu'un échange; »
puis se rappelant que Monsieur lui avait
donné une boîte remplie d'ail, qu'on avait
fait venir exprès de Pau (1), elle la demande;
le Roi de France et de Navarre en frotte les
lèvres du nouveau Henri, et on lui fait boire un

(1) Voyez à la fin les pièces justificatives.

peu de vin de Jurançon. « A propos, et la
chanson, dit S. A. R. » Une vielle joue dans
la rue l'air chéri des Français, et la Princesse chante *vive Henri IV* en tenant son
fils dans ses bras.

Trois heures et demie.

Le Roi s'adressant à Mgr Marc-Marie de
Bombelles, évêque d'Amiens, premier au-
mônier de Mme la Duchesse de Berry, lui dit :
« Il faudrait ondoyer le Prince. » Et soudain
ce vénérable ecclésiastique, dont la vie entière a été consacrée au service du Roi,
dans trois carrières différentes, exécute les
ordres de S M. Entouré de la Famille
Royale, qui s'agenouille, et qui écoute dans
un profond recueillement, il verse l'eau du
baptême sur la tête auguste du rejeton de
Saint-Louis et de Henri IV; il prononce les
paroles sacramentelles : *Ego te baptizo, in
nomine Patris, et Filii, et Spiritus-Sancti*
Le duc de Bordeaux est chrétien.

Quatre heures et demie.

Le Roi retourne dans ses appartemens : en traversant la salle des Maréchaux il demande à voir encore son petit neveu. Mme Bayard, sa nourrice, le lui apporte : S. M. l'embrasse avec toute l'effusion d'un cœur paternel. Tout le monde fond en larmes. Le Roi se retire.

Cinq heures.

Toute la capitale apprend le grand événement ; 24 coups de canon, tirés aux Invalides, annoncent la naissance du Duc de Bordeaux : l'intervalle entre le douzième et le treizième coup ayant été plus long que les autres, plusieurs royalistes sont glacés d'effroi, et pris d'un saisissement qui se change bientôt en joie. Il était encore nuit ; on fait observer à M. le duc de Richelieu qu'il vaudrait peut-être mieux ne tirer le canon qu'au point du jour ; il répond : *Pour une si grande nouvelle il est point du jour à toute heure.*

Cinq heures et demie.

L'ivresse publique est au comble : les ouvriers qui se rendent à leurs travaux, les femmes qui remplissent les marchés se livrent à une joie franche et spontanée ; les casernes des gardes-du-corps et de la garde royale sont illuminées comme par enchantement ; on n'a pas eu le temps de se procurer des lampions ; chacun pose sa lumière sur sa fenêtre : on va, l'on vient dans les rues, on s'embrasse, on pleure, on rit, on ne sait ni ce qu'on fait, ni ce qu'on dit : un vieux portier du Marais monte le plus vite qu'il peut chez un locataire dont c'était la fête (Saint-Michel, jour de la naissance du Prince), et lui dit : « Ah mon dieu ! » puisse le Duc de Bordeaux terrasser un » jour les méchans comme Saint-Michel a » terrassé le diable ! »

Un soldat du 3ᵉ régiment d'infanterie de la garde arrive à toutes jambes au poste du Pont-Tournant quelques minutes avant

qu'on tire le canon, et dit à ses camarades:
C'est un garçon! —A-t-il dix-huit ans? répond le camarade. — Je le voudrais, répli-
que l'autre, quand je devrais les avoir de
plus, et qu'il nous passât demain en revue.

Six heures.

Scène admirable et de l'ordre à la fois le
plus simple et le plus élevé! S. A. R. madame
la Duchesse de Berry donne ordre qu'on fasse
entrer tous les militaires : ils n'entrent pas;
ils se précipitent *affamés de voir Henri.*
Plus de cinq cents officiers, sous-officiers
et soldats défilent devant le royal enfant: des
mots charmans ou sublimes sont prononcés ;
je ne cite que ceux qui ne sont pas connus.

Un soldat, âgé d'environ soixante ans,
couvert de blessures, et ayant trois che-
vrons, s'écrie, les larmes aux yeux : « Ah,
» mon Prince! pourquoi suis-je si vieux! je
» ne pourrai pas servir sous vos ordres! —
» Rassure-toi, mon brave, lui dit Madame; il
» commencera de bonne heure. »

— Un grenadier du 3ᵉ dit au comte B.....
» Mon général, il est bien l'enfant de l'ar-
» mée celui-là ! il est né au milieu des sa-
» bres, des bonnets de grenadiers, et c'est
» mon capitaine qui a été sa première ber-
» ceuse. »

— Un vieux soldat, à l'air noble et mâle,
ayant des moustaches épaisses, et quelque
chose de solennel dans le regard, arrive devant le Duc de Bordeaux dans un recueillement profond, le salue avec le plus grand
respect, sans proférer une parole, et lui
donne en pleurant sa bénédiction.

C'était un Vendéen, qui avait servi sous
M. de Bonchamp, M. de Lescure et M. de
la Rochejacquelin.

Six heures et demie.

La foule continue chez l'auguste enfant :
tous les rangs se confondent; toutes les
classes se mêlent; on est Français, et on
veut le voir : on distingue parmi les cu-
rieux des maréchaux de France, des lieu-
tenans-généraux, des magistrats, des négo-

cians, des députés, des pairs de France;
parmi ces derniers se trouve le premier
écrivain de notre siècle, l'homme qui a
rendu les plus éminens services à la maison
de Bourbon, M. le vicomte de Chateaubriand; il accourt et s'écrie : Dieu nous l'a
rendu !

Sept heures.

M. de Rochemore, maître des cérémonies,
arrive à la ville; il annonce l'événement
de la part du Roi à M. le préfet et aux
douze maires, réunis depuis six heures du
matin; il remet la note suivante :

A nos très-chers et bien amés les préfet et
maires de notre bonne ville de Paris.

« De par le Roi,

« Très-chers et bien amés, la naissance
» d'un Prince, que la Duchesse de Berry,
» notre très-chère nièce, vient de mettre
» au jour, est un événement si conforme à
» nos désirs et aux vœux de nos sujets, que

» nous croyons ne pouvoir trop tôt en don-
» ner part à ceux de notre bonne ville de
» Paris, connaissant leur amour pour nous
» et leur attachement au bien de l'état.
» Nous envoyons à cet effet le maître ou
» aide des cérémonies, qui vous dira en
» même temps que nous souhaitons que
» vous fassiez des réjouissances qui vous
» seront indiquées par notre ministre au
» département de l'intérieur, conformé-
» ment aux ordres que nous lui avons
» donnés. »

M. le préfet de la Seine répond à M. de
Rochemore :

« Monsieur le marquis, S. A. R. *Monsieur* nous avait déjà fait annoncer
l'heureux événement qui porte la joie
dans le cœur de tous les Français. La
lettre close de S. M., dont vous êtes le
porteur, en nous confirmant ce bonheur,
ajoute à notre allégresse et à notre reconnaissance. La Providence a daigné écouter

nos vœux ; elle rallume le flambeau presque
éteint de la famille de nos Rois ; elle a voulu
dans sa justice que le crime du fanatisme
ne prévalût pas contre ce sang auguste qui
régit nos destinées depuis tant de siècles.

» Auguste enfant ! comblez nos vœux,
vivez pour perpétuer les vertus de vos pères,
pour faire fleurir la religion, les mœurs,
les libertés publiques. La France place en
vous toutes ses espérances ; votre conser-
vation miraculeuse lui promet qu'elles seront toutes accomplies.

» Veuillez, M. le marquis, faire arriver
jusqu'au pied du trône l'hommage de notre
respectueuse reconnaissance et l'expression
des sentimens que fait naître cet heureux
jour. Le Roi y reconnaîtra le cœur des magistrats et des habitans de sa bonne ville de
Paris ; ils sont heureux à la fois des conso-
lations que ce jour apporte dans son âme
royale et des gages qu'il donne au repos de
l'état. Recevez aussi ce témoignage de la
reconnaissance que nous inspire à votre

égard l'annonce de l'heureux événement
que vous nous confirmez. »

Une foule considérable attend, rue de
Richelieu n°. 89, près le théâtre Feydeau,
l'ouverture des bureaux de la tontine per-
pétuelle d'amortissement : chacun veut
prendre des actions sur la tête de Mgr le Duc
de Bordeaux. M. Dénuelle de Saint-Leu,
l'un des chefs de cet établissement, et qui
a servi autrefois dans l'armée de Condé ,
satisfait avec zèle l'empressement public.

Les principales églises de Paris, St. Roch,
St. Eustache, St. Germain-l'Auxerrois, pa-
roisse du Prince nouveau né, St.-Sulpice,
St. Paul, l'Assomption, etc. etc., se remplissent de fidèles, qui mettent autant de ferveur
dans leur reconnaissance qu'ils en avaient
mis dans leurs prières : ils remercient Dieu
d'avoir accordé à leurs vœux l'héritier de

huit siècles de gloire , l'enfant de la France, l'enfant de l'Europe.

Neuf heures et demie.

LL. AA. SS. Mgr. le Duc et Mme la Duchesse d'Orléans et Mademoiselle, Mgr. le Duc et Mme la Duchesse de Bourbon, se rendent chez le Roi et chez Mme la Duchesse de Berry pour leur offrir leurs félicitations.

Dix heures.

Les maréchaux , des officiers généraux , de grands fonctionnaires sont admis dans le cabinet du Roi pour le féliciter de cet heureux événement : M. le duc de la Châtre présente à S. M. M. Mennechet, chef des bureaux de la Chambre : ce jeune poète , qui a remporté cette année le grand prix de poésie à l'académie française , vient de faire un impromptu au bruit du canon. Le Roi consent à l'entendre , et il chante les couplets suivans en présence de S. M. et de Madame, duchesse d'Angoulême', qui veulent bien lui témoigner leur satisfaction.

Air du premier Pas.

C'est un Bourbon , France , qui vient de naître !
C'est de tes Rois l'auguste rejeton !
Dès le berceau ce faible enfant doit être
L'espoir du brave et la terreur du traître ;
   C'est un Bourbon !   (*Bis.*)

C'est un Bourbon qu'appelaient tes alarmes :
Le ciel t'exauce, et t'en fait l'heureux don ;
Il soutiendra la gloire de tes armes ;
Des malheureux il séchera les larmes !
   C'est un Bourbon !   (*Bis.*)

C'est un Bourbon ! heureuse mère, oublie
Et ton veuvage et ton triste abandon :
C'est ton époux qui renaît à la vie ;
Ce noble enfant le rend à la patrie ;
   C'est un Bourbon !   (*Bis.*)

C'est un Bourbon ! lègue ton diadème ,
Heureux Monarque, à cent rois de ton nom !
Comme Henri, grand Roi, comme toi-même
Il règnera sur un peuple qui l'aime ;
   C'est un Bourbon !   (*Bis.*)

Onze heures.

On présente à S. A. R. Monsieur une pé--

tition ainsi conçue : « Monseigneur, ma
» femme est accouchée cette nuit , à la
» même heure que S. A. R. Mme. la Duchesse
» de Berry. Nous sommes bien pauvres ! »
Le Prince lui envoie 1200 francs.

Midi.

Toute la Famille Royale est à la chapelle,
et remercie, au nom de la France et au
sien, le Roi des rois d'avoir comblé tous les
vœux et réalisé toutes les espérances ; sa
piété ne s'est pas accrue, mais elle s'est
pour ainsi dire embellie des transports de
la reconnaissance. Le *Domine salvum fac
regem* est répété avec un accent qu'on
trouve et qu'on ne rend pas ; le *Te Deum*
n'est interrompu que par les larmes et
les sanglots de ceux qui le chantent. Le
Roi ordonne qu'on laisse entrer le peuple
dans les bas-chœurs : en une minute ils
sont remplis ; et les sujets unissent leurs
prières à celles de leur souverain. Touchant
tableau, où l'on voit deux familles remercier
leur père commun, et demander *ensemble*

le bonheur qui les abandonnerait s'ils n'é-
taient plus *ensemble*.

Une heure.

. Le Roi, sortant de la messe, et encore entouré de sa famille, s'arrête au grand bal-
con qui donne sur les Tuileries : des acclamations unanimes, des transports d'ivresse
éclatent de toutes parts ; *vive le Roi, vi-*
vent les Bourbons, vive le Duc de Bor-
deaux sont les seuls mots qu'on puisse entendre. Le Roi parvient enfin à calmer ce
tumulte des cœurs, et dit de l'accent le plus
ferme tout à la fois et le plus tendre :

« Mes amis, votre joie centuple la mienne :
il nous est né un enfant.... un jour il sera
votre père.... c'est alors qu'il vous aimera
comme je vous aime, comme toute ma famille vous aime ! »

Deux heures.

Le 14 février S. A. R. MONSIEUR avait dit
à tous les officiers de la maison de Mgr.
le Duc de Berry que si Mme la Duchesse

accouchait d'un Prince , ils reprendraient
leurs fonctions dans sa maison : le 29 septembre 1820 Monsieur les fait entrer dans
son cabinet, et leur dit avec cette grâce qui
lui est particulière: » Mes amis, je vous an-
» nonce avec plaisir que vous êtes au service
» de Mgr. le Duc de Bordeaux : je suis bien
» sûr que vous serez aussi tendrement at-
» tachés au fils que vous l'étiez au père. »
Tout le monde répond par des larmes , et
se retire respectueusement. M. le comte
de Nantouillet, qui depuis trente ans n'avait
pas quitté Mgr. le Duc Berry , et auquel ce
malheureux Prince adressa ses dernières
paroles , est nommé premier gentilhomme
de la Chambre de Mgr. le Duc de Bordeaux.

Trois heures.

S. A. R. Mme la Duchesse de Berry avait
d'abord décidé qu'elle se leverait, et pré-
senterait son fils au peuple; mais, vaincue
par les prières de tout ce qui l'aime, plus
encore que par l'avis des médecins , elle

fait rouler son lit jusqu'à la fenêtre, et, prenant dans ses bras son royal enfant, le
montre à la multitude. Il faut renoncer à
peindre les transports universels : les mou-
choirs s'agitent; l'air retentit de cris d'amour
et de reconnaissance. La Princesse semble
dire au peuple : » Tenez, voilà votre avenir;
le peuple semble lui répondre : » C'est à
votre courage que nous le devons.

Quatre heures.

*Le Roi, voulant qu'un événement si cher
à son cœur soit célébré par une distribu-
tion solennelle de grâces, et désirant ré-
compenser à cette occasion les services
rendus à l'état et à lui (a)*, s'enferme avec
M. le duc de Richelieu, et lui donne le nom
des personnes auxquelles il destine le cordon bleu. Avec quel plaisir on remarque
parmi ceux qui en sont décorés ces véné-
rables prélats, lumières et ornement de

(a) Expression de l'ordonnance.

l'église gallicane, dignes successeurs des
Bossuet et des Fénélon! et ces *compagnons
du malheur du Roi, ceux qui ont langui
dans l'exil, la tête appuyée sur les fleurs
de lys, presque effacées par le sang et les
larmes, et qui se consolaient en entou-
rant de leurs communes misères le Roi
de l'adversité* (*a*)! et ces braves maréchaux qui savent qu'on n'est pas fidèle à la
gloire quand on ne l'est pas à son serment,
et qui sont aujourd'hui les plus fermes co-
lonnes du trône des Bourbons! et cet ora-
teur (*b*) qui a présidé avec tant de sagesse

(*a*) Réflexions politiques de M. de Chateaubriand.

(*b*) La conduite de M. Lainé pendant les cent
jours tient de l'héroïsme ; et je ne puis résister au
désir de citer ici l'énergique protestation qu'il a
publiée, et qui a produit le plus grand effet.

« Au nom de la nation française, et comme pré-
»sident de la chambre des députés, je déclare
»protester contre tous décrets par lesquels l'oppres-
»seur de la France prétend prononcer la dissolution
des chambres. En conséquence, je déclare que tous
»les propriétaires sont dispensés de payer des con-

et de talent la plus monarchique de nos assemblées, cet homme vertueux qui, après avoir payé tribut à l'humanité en commettant une erreur, a eu le mérite si rare d'en faire un aveu public! Bordeaux a été le berceau de ses talens, le témoin de sa noble conduite; Bordeaux jouira des honneurs qu'on lui décerne; et l'éclat qui l'environne rejaillira sur sa patrie.

Cinq heures.

L'affluence sous les appartemens de

» tributions aux agens de Napoléon Bonaparte, et
» que toutes les familles doivent se garder de four-
» nir, par voie de conscription ou de recrutement
» quelconque, des hommes pour sa force armée.
» Puisqu'on attente d'une manière aussi outrageante
» aux droits des Français, il est de leur devoir de
» maintenir individuellement leurs droits. Depuis
» long-temps dégagés de leur serment envers Na-
» poléon Bonaparte, et liés par leurs vœux et leurs
» sermens au Roi et à la patrie, ils se couvriraient
» d'opprobre aux yeux des nations et de la postérité
» s'ils n'usaient pas des moyens qui sont au pouvoir
» des individus. Chaque histoire, en conservant une

S. A. R. Mme la Duchesse de Berry est si grande qu'elle veut bien consentir encore une fois à faire rouler son lit près de la fenêtre : les acclamations, les cris de vive la Duchesse de Berry, vive le Duc de Bordeaux s'échappent de tous les cœurs. On présente en ce moment à la Princesse une potion calmante : elle répond avec une grâce toute française : « Merci; ce bruit-là est le meilleur calmant. »

»reconnaissance éternelle pour les hommes qui, » dans tous les pays libres, ont refusé tout secours »à la tyrannie, couvre de mépris les citoyens qui » oublient assez leur dignité d'hommes pour se sou- »mettre à de méprisables agens. C'est dans la per- »suasion que les Français sont assez convaincus »de leurs droits pour m'imposer un devoir sacré »que je fais publier la présente protestation, qui, » au nom des honorables collègues que je préside et »de la France qu'ils représentent, sera déposée » dans des archives à l'abri des atteintes du tyran, »pour y avoir recours au besoin.

»Bordeaux, ce 28 mars 1815. »

3

Beauvilliers, Véry, Grignon, Borel, Lambert, etc., etc,, vous n'êtes pas les derniers à bénir un si beau jour : vos salons sont pleins; vous êtes dans la douce nécessité de refuser du monde : on célèbre le verre en main l'immortelle journée du 29 septembre; mais le vin à la mode c'est *le vin de Bordeaux*. Un employé supérieur des contributions indirectes m'assure qu'on en a bu ce jour-là deux cent mille bouteilles. Les refrains royalistes s'entonnent et se répètent : chez Grignon les gardes-du-corps se mettent aux fenêtres, et font retentir tout le quartier de leurs accens joyeux; les passans dansent ce qu'ils chantent, et font chorus avec eux.

Sept heures.

Depuis sept heures jusqu'à onze tous les théâtres rivalisent de zèle et d'ardeur pour célébrer par les impromptu de la joie et du délire l'événement européen qui affermit le trône des Bourbons : à l'Odéon et à

Feydeau M. de Rochefort fait chanter de
jolis couplets ; au Vaudeville la muse de
MM. Désaugiers et Gentil, intarissable pour
le Roi et les princes, improvise Plusieurs
scènes remplies d'esprit, de grâce et de sentiment (1) ; à la Gaîté, à l'Ambigu - Comi-
que, aux Variétés MM. Dartois, Théaulon,
Brazier, Dubois, Capelle, Joseph Pain, Geor-
ges Duval chantent le Duc de Bordeaux
comme ils pensent, pour être sûr qu'il sera
bien chanté. Mais les Français, les Français
surtout enlèvent tous les suffrages et élec-
trisent tous les cœurs !

L'admirable chef - d'œuvre d'*Athalie*
livre pendant cinq actes tous les spectateurs
à une suite non interrompue d'émotions :
le flambeau presque éteint de David, qui
vient de se rallumer comme celui des
Bourbons, ce faible enfant dont la naissance
garantit à un grand peuple un long et brillant avenir, et rallie tout Israël, comme
notre jeune Prince va rallier la France,

---

(1) Voyez à la fin de l'ouvrage.

chaque scène, chaque tirade prête à des
allusions, qu'on ne saisit pas, mais qu'on
devance :

Ah, grand Dieu! si sa rage avait été trompée!...
Si du sang de nos rois quelque goutte échappée.....

Et une foule d'autres vers sont applaudis
avec les transports du plus vif enthousiasme.
Jamais, non jamais Athalie n'a produit un
effet plus brillant, plus magique, plus nei-
vrant! cette pièce de tous les temps semblait être la pièce du jour, et les spectateurs
sortent remplis des plus riches souvenirs,
et l'âme pour ainsi dire agrandie par la
magnificence du spectacle et l'étonnante
similitude de la situation antique et mo-
derne.

Onze heures du soir.

Les cœurs venaient d'être émus; les yeux
sont éblouis; tout Paris n'offre que des feux
de joie, que des faisceaux de lumière: ce
ne sont pas de ces illuminations de com-
mande qui, par la régularité même, attes-

tent la contrainte; c'est un élan spontané
dont le désordre n'est pas sans charme;
la chandelle du pauvre se trouve auprès
du lampion du riche; partout ce sont
des drapeaux blancs fleurdelisés, des
transparens, des devises allégoriques : on
remarque l'inscription de l'ingénieur Chevalier :

Noble sang de Henri, Prince dont la naissance
Des lys et des Bourbons affermit la puissance,
Le ciel qui te créa pour essuyer nos pleurs,
Nous console en un jour de trente ans de malheurs.

L'artisan, le noble, le bourgeois retournent
chez eux en répétant de joyeux refrains sur
la naissance de l'enfant des miracles.... oui,
des miracles!.... un seul n'eût pas suffi; le
ciel les a réunis tous !... Le héros qui suc-
combe à la fureur révolutionnaire nous
lègue en mourant le Duc de Bordeaux
comme un dernier bienfait : premier miracle! le modèle des femmes; l'auguste
Caroline survit par obéissance à son époux.

second miracle ! Le faible germe croît et se fortifie à travers les pétards incendiaires du mois de mai, les troubles de juin et la conspiration d'août : troisième miracle ! Et enfin sa mère, son admirable mère, triomphant des plus vives souffrances que le ciel ait imposées à l'humanité, n'a qu'une seule pensée : » Maréchal, c'est un Prince ; il est à moi : je » vous attends pour qu'on l'enlève de là... » Tout cela n'est-il pas héroïque, divin, surnaturel, prodigieux !....

Noble et sainte journée ! journée vraiment historique, qui doit vivre à jamais dans nos annales, dont chaque heure et quelquefois chaque moment offre une grande pensée, une bonne action, un mot heureux ! Mon seul mérite est de l'avoir retracée fidèlement. Tous les cœurs se sont entendus ; on a senti avec une force sympathique que cette famille adorable, la première des familles françaises, est aussi nécessaire à notre bonheur que nous le sommes à sa félicité. Enfin dans cette journée mémorable tous les honnêtes gens ont parlé ; tous les méchans ont gardé le silence. Puisse-t-elle être le présage des destinées futures de la France , et ma patrie sera heureuse !

NOTE ESSENTIELLE.

La division que j'ai adoptée pour rendre compte de la nuit et de la journée du 29 septembre a déjà été employée à une époque douloureuse par M. Augustin Hapdé, écrivain aussi recommandable par ses principes que par ses talens.

Mon sujet d'ailleurs me commandait cette forme dramatique.

PIÈCES JUSTIFICATIVES.

———

M. Gré, qui avait cette année les pressentimens les plus forts que S. A. R. madame la Duchesse de Berry accoucherait d'un Prince, écrivit, à la fin d'août, à madame sa sœur à Pau de lui envoyer une tête d'ail du pays, et de se procurer aussi la chanson que Jeanne d'Albret chanta à la naissance de Henri IV. Madame sa sœur lui répondit, le 11 septembre, la lettre suivante :

Lettre de Madame veuve OLLÉ-LAPRUNE *de Pau à M.* GRÉ *à Paris.*

Je t'envoie, mon cher frère, la tête d'ail que tu m'as demandée. Je n'ai pu te l'envoyer par la poste, parce qu'on voulait ouvrir le paquet; je l'ai remise à la diligence dans une boîte de pasteur de la montagne : puisse-t-elle arriver à temps, ainsi que la chanson que j'ai trouvée chez un vieux paysan après beaucoup de recherches ! Mon cœur me dit d'avance l'usage que tu veux faire de toutes ces choses-là ; puisse le ciel nous fournir l'occasion de les faire servir ! c'est ce que je ne cesse de demander à la divine Providence. Mes enfans se joignent à moi pour le même souhait, et t'embrassent ainsi que moi. Si nous sommes assez heureux pour que ce que nous désirons arrive, je serai bientôt guérie.

Ta bonne et tendre sœur.

Signé Veuve Ollé-Laprune.

A la réception de cette lettre, le 21 septembre, M. Gré écrivit à M. le comte de Bouillé, aide-de-camp de Monsieur, pour le prier de présenter à S. A. R. la boîte qui venait de lui arriver, et qui portait la suscription suivante :

A Charles-Philippe de France,

MONSIEUR, *frère du Roi,*

en 1820,

pour servir dans le château des Tuileries
à l'usage auquel il a été employé par
le roi de Navarre au château de
Pau, le 13 décembre 1553.

Cette boîte contenait la tête d'ail de Pau,
et la chanson béarnaise que Jeanne d'Albret chanta à la naissance de Henri IV.

M. Gré avait joint à la Lettre à M. de
Bouillé une autre Lettre pour S. A. R.
MONSIEUR, ainsi conçue :

MONSEIGNEUR,

*Je supplie votre Altesse Royale de permettre
que je dépose à ses pieds l'offrande d'un bon
et brave Béarnais, qui donnerait tout son*

sang pour qu'elle pût servir à un usage sem-
blable à celui qu'elle rappelle.

Cette offrande présente,

1°. L'historique de la naissance de Henri IV
selon la tradition de sa ville natale, et où
se trouvent le cantique et la chanson que
Jeanne d'Albret chanta au moment d'accoucher du grand Roi ;

2°. La traduction littérale de ce cantique ;

5°. La traduction littérale de la chanson ;

4°. La traduction libre du cantique, mais
par même nombre de syllabes, pour la
facilité de lui composer un air, celui de
la chanson étant seul connu dans le pays ;

5°. Une tête d'ail de Pau : la terre qui l'a
produite n'a été foulée et cultivée que par
de bons royalistes. Cet ail est enveloppé
dans un carré de toile de lin du Béarn.

Tous ces objets sont renfermés dans une botte
de pasteur des montagnes du Béarn, que le bon
Roi a gravies tant de fois pendant son enfance.

Si, contre mes pressentimens et contre notre espérance, la divine Providence n'exauçait pas les vœux de votre Altesse Royale et ceux de la France entière, et n'accordait pas u maynat (un enfant mâle) à l'auguste veuve, puisse, Monseigneur, puisse mon offrande être conservée, et servir pour le premier fruit d'un nouvel hymen de votre Altesse Royale!

Je suis avec le plus profond respect,

MONSEIGNEUR,

De Votre Altesse Royale,

Le très-humble, très-obéissant
et très-respectueux serviteur,

J. GRÉ.

Paris, le 21 septembre 1820.

M. de Bouillé écrivit le même jour à M. Gré que M. le comte François d'Escars avait présenté son offrande à MONSIEUR, et qu'elle avait été agréée. Ensuite, le jour de l'événement, M. le comte de Bouillé envoya à M. Gré le billet suivant :

« LE comte de Bouillé s'empresse d'ajouter

au plaisir que le canon de ce matin a dû faire à monsieur le chevalier Gré, celui de lui apprendre que le Roi a voulu frotter lui-même les lèvres du jeune prince Henri-Ferdinand-Marie-Dieudonné de France, duc de Bordeaux, avec le fruit du pays que M. Gré avait destiné à cet usage. S. M. lui a fait également boire une goutte de vin, et madame la Duchesse de Berry a regretté beaucoup que l'on n'ait pas eu le temps de faire un air au cantique béarnais; car elle l'aurait certainement chanté. Son courage a été admirable, et elle s'est montrée digne d'être la mère d'un autre Henri IV.

S. A. R. Monsieur, en daignant apprendre lui-même ces particularités au comte de Bouillé, l'a autorisé à les faire connaître à M. Gré, dont l'offrande, si française et si patriotique, a eu trop de succès pour que les Princes n'en conservent pas le souvenir avec l'intérêt que mérite cette nouvelle preuve du dévouement de M. Gré. »

Signé le comte DE BOUILLÉ,
Aide-de-camp de S. A. R. Monsieur.

HISTORIQUE

SUR LA NAISSANCE DE HENRI IV.

Henri, roi de Navarre, père de Jeanne, lui demandait à l'avance qu'elle voulût chanter en accouchant une chanson béarnaise, lui promettant une boîte d'or.

Étant très-souffrante elle *antonna* le couplet ci-joint : aussitôt après elle fit Henri. Son père, rempli de joie, lui mit au cou une chaîne en or, où était suspendue une boîte aussi en or, qui renfermait son testament ; et, prenant l'enfant, il lui dit dans son simple langage : *Aco quéy tou;* ...... et *aco quéy me (a).* Il lui dit ensuite : « A présent je mourrai

---

(a) Cela est à toi, et ceci est à moi.

» content que je me vois renaître, et tu ac-
» couches catholique. »

Le roi de Navarre emporta l'enfant dans
le pan de sa robe, lui frotta les lèvres avec
une gousse d'ail, et lui fit sucer quelques
gouttes de vin, afin de lui rendre, disait-il,
le tempérament plus mâle et plus vigou-
reux.

Au lieu d'une chanson que chanta Jeanne,
ce fut un cantique qu'elle *antonna* (c'est la
propre expression), et qui commence par
ces paroles : *Nouste Dame d'où cap d'où
poun, adjudat-me à daquest' hore !* Il y avait
de ce temps-là une petite chapelle au bout
du pont du Gave, qui avait, disait-on, opéré
des miracles envers des femmes enceintes;
il y avait dans cet oratoire une vierge : voilà
pourquoi on l'appelait *Nouste Dame d'où
cap d'où poun.*

CANTIQUE

ANTONNÉ PAR JEANNE D'ALBRET

AU MOMENT D'ACCOUCHER DE HENRI IV.

Nouste-Dame d'oü Cap d'oü Poun ,
Adyudat-me à daquest' hore ,
Prégats à daquet Dioü d'oü ceoü
Qu'em bouille be delioürà leü ,
D'u maynat qu'am hassio lou doun :
Touts d'inqu'aü haut d'oùs mounts l'implore.
Nouste-Dame d'oü Cap d'oü Poun ,
Adyudat- me à daquest'hore !

La tradition rapporte qu'indépendam-
ment du cantique Jeanne chanta aussi la
chanson suivante, qui avait été faite par
Gaston Phébus. Il la fit pour sa femme, qui
était absente, en 1545.

    Aqueres montines   (*Bis*)
   Qui ta haoütes soun dondines
   Qui ta haoütes soun dondon.

M'empechen de bede   (*Bis*)
M'as amous oun son dondine
M'as amous oun soun dondon.

Si credi las bede   (*Bis*)
Ou de las rencontra dondine
Ou de las rencontra dondon

Passery l'aïguete   (*Bis*)
Chens poü d'em negua dondine
Chens poü d'em negua dondon.

TRADUCTION LITTÉRALE

DU CANTIQUE CHANTÉ PAR JEANNE D'ALBRET

AU MOMENT D'ACCOUCHER DE HENRI IV.

Nouste-Dame d'oü cap d'oü poun,
Notre-Dame du bout du pont,
Adyudat-me à d'aquest hore!
Secourez-moi à l'heure qu'il est!
Pregats à d'aquest Dioü d'oü ceoü
Priez ce Dieu qui est au ciel
Quen brouille bé délioüra leü,
Qu'il veuille bien me délivrer tôt,
D'u maynat quem hassio toü doun :
D'un enfant mâle qu'il me fasse le don :
Tout d'inqu'aü haut d'oüs mounts l'implore.
Tout jusqu'à la cîme des montagnes l'implore.
Nouste-Dame d'oü cap d'oü poun,
Notre-Dame du bout du pont,
Adyudat-me à d'aquest'hore.
Secourez-moi à l'heure qu'il est !

Traduction littérale de la chanson faite par GASTON PHÉBUS, pour sa femme absente, en 1344.

A queres montines   (*Bis*)
  Ces montagnes   (Bis)
Qui ta haoüts soun dondines
Qui sont si hautes dondine
Qui ta haoüts soun dondon.
Qui sont si hautes dondon.

M'empechen de bedé   (*Bis*)
  M'empêchent de voir   (Bis)
M'as amous oun son dondine
Mes amours où elles sont dondine
M'as amous oun son dondon.
Mes amours où elles sont dondon

Si credi las bede   (*Bis*)
  Si jo croyais les voir   (Bis)
Ou de las rencontra dondine
Ou de les rencontrer dondine
Ou de las rencontra dondon.
Ou de les rencontrer dondon.

Passery l'aïguete   (*Bis*)

Je passerai l'eau   (Bis)

Chens poü d'em negua dondine

Sans crainte de me noyer dondine

Chens poü d'em negua dondon.

Sans crainte de me noyer dondon.

*Traduction libre, par nombre égal de syllabes
pour la facilité de faire un air,*

DU CANTIQUE BÉARNAIS

Antonné par JEANNE D'ALBRET *le* 13 *décembre* 1553*, au
moment d'accoucher de Henri IV.*

BÉARNAIS.	FRANÇAIS.
Nouste-Dame d'où cap d'où poün,	Notre-Dame du bout du pont,
Adyudad-me à d'aquest' hore !	Secourez-moi bien à cette heure !
Pregats a d'aquest Dioü d'où ceoü	Et priez bien ce Dieu du ciel
Qu'un bouille be delioüra leü,	Qu'il veuille me délivrer tôt,
D'u maynat qu'em bassio lou doun,	D'un garçon qu'il me fase don ;
Tout d'iu qu'aü baut d'ous mounts	Tout jusqu'au baut du ciel l'im-
l'implore	plore.
Nouste-Dame d'où cap d'où poün,	Notre-Dame du bout du pont,
Adyudat-me a d'aquest' hore !	Secourez-moi bien à cette heure !

~~~~~~

RECUEIL

DES DIFFÉRENS OUVRAGES

*Composés, depuis le 29 septembre jusqu'au
2 octobre, à l'occasion de la naissance
de Monseigneur le Duc de Bordeaux*

ODE

SUR LA NAISSANCE DE Mᵍʳ LE DUC DE BORDEAUX.

Dieu n'est qu'un mot; frappons! délivrons ma patrie!
Trop long-temps ces Bourbons ont fatigué mes yeux;
Qu'ils tombent sous ce fer! que leur race chérie
Aille dans leurs tombeaux rejoindre ses aïeux!

Oui, j'ai fait le serment d'anéantir leur race !
Et je le jure encore, ils tomberont bientôt !
Bientôt l'œil vainement en cherchera la trace ;
Ils auront tous vécu ! Frappons ! *Dieu n'est qu'un mot.*

O Dieu ! tu l'entendis cet horrible blasphême !
Tu vis l'*homme* s'armer du régicide acier !
Tu le vis ! et laissas dans ce péril extrême
Le héros succomber sous le fer meurtrier !

A nos destins, ô Dieu ! voulais-tu mettre un terme ?
Non ; ta bonté sur nous veillait du haut des cieux,
Et du sein de la mort tu fis naître le germe
Qui promet à la France un fruit si précieux.

Ainsi quand sur son aile, apportant le tonnerre,
L'orage de débris a jonché les vallons,
Un faible grain, caché dans les flancs de la terre,
Germe en silence et croît loin des froids aquilons.

Mais qu'il est frêle encor ce germe, espoir du monde !
Laisseras-tu, grand Dieu ! ton ouvrage imparfait ?
Et lorsque va sur nous s'ouvrir ta main féconde,
Retiendra-t-elle encor la moitié du bienfait ?

Le verrons-nous enfin luire ce jour prospère
Qu'avec tant de ferveur appellent tous nos vœux !
Et ce fils, qui jamais n'embrassera son père,
Donnera-t-il des rois à nos derniers neveux ?

Sur tes sacrés autels, Dieu, vois la France entière
Faire pour cet enfant fumer l'encens pieux !
Et du pied de la croix vois la sainte p : ière
Se relever tremblante, et monter vers les cieux !

Mais qu'entends-je ! l'airain a dans la tour antique
Par ses sons redoublés hâtés notre réveil !
Le bronze des combats de sa voix pacifique
A par vingt-quatre fois salué le soleil !

O triomphe ! il est né cet enfant du veuvage !
Ennemis de mon Roi, votre espoir est déçu !
En vain contre ses jours conspirait votre rage ;
Dans son manteau royal la France l'a reçu !

De la faveur du ciel touchante et digne marque !
Il est né ! tous nos vœux enfin sont accomplis !
Peuple, accours et viens voir ton auguste monarque
Dans ses bras paternels presser son noble fils !

Viens dans ce jour sacré contempler CAROLINE !
Sur son front pâle encor se lisent ses douleurs ;
Mais elle entend son fils, sur son berceau s'incline,
Et le sourire brille au travers de ses pleurs !

O du héros chrétien épouse magnanime !
Qui, fidèle à ton vœu, nous donne l'enfant-roi,
Ton courage a sauvé le trône légitime !
A la vie, à la mort nos cœurs sont tous à toi !

Ah ! faisons trève enfin à la douleur commune !
Jouissons d'un bonheur si long-temps attendu !
Nous pouvons maintenant défier la fortune ;
Nos destins sont fixés ; BERRY nous est rendu ! (a)

MÉLY JANIN.

(a) Cette ode est sans contredit la plus belle que le grand événem
du 29 septembre ait inspirée jusqu'à présent aux poètes français.

ODE

SUR LA NAISSANCE DE MONSEIGNEUR LE DUC DE BORDEAUX.

...Ramo avulso non deficit alter, etc. etc.

Le bronze des autels et l'airain des batailles
Ont salué vingt fois les portiques royaux !
Paris n'a point assez pour parer ses murailles
    De fleurs et de drapeaux !

Peuple, réjouis-toi ! la tombe est consolée !
Le veuvage sourit en retenant ses pleurs,
Et CAROLINE entend la voix du mausolée
    Qui charme ses douleurs !

Quels cris universels d'espérance et de joie !
L'avenir est à nous : les temps sont accomplis ;
Dieu du manteau sacré que le trône déploie
    A soulevé les plis !

Il est né ! le voilà ! c'est sa première gloire :
Aux dangers des héros BOURBON s'offre en naissant,
Et son premier soupir atteste une victoire
    Sur le crime impuissant !

Oh! que n'ai-je à l'instant pour en ceindre sa tête
Et nos lauriers nouveaux et ceux de Fontenoi !
Salut, prédestiné de la grande tempête !
    Un Dieu veillait sur toi.

C'est le Dieu de Clovis qui tonnait sur les mondes :
Ton père le conjure ; il n'est plus irrité ;
Le lys a refleuri sur des cendres fécondes
    Pour la postérité.

Chante avec nous, Malherbe, un trône impérissabl'
Que l'époux de Clotilde a conquis aux Français !
Tout présage aux Bourbons un sang inépuisable
    Autant que leurs bienfaits.

Dis aux ligueurs jaloux d'une vie incertaine :
« Cet enfant, contre vous protégé par le ciel ,
« Régnait, inaccessible aux poignards de la haine ,
    « Dans le sein maternel ! »

Laissons-les espérer, laissons-les entreprendre (a);
Il suffit que sa cause est la cause de Dieu,
Et que près de Louis *elle a pour le défendre*
    Les soins de Richelieu.

(a) Malherbe, Ode au Roi.

nsi dans nos climats, phénomène propice,
vançait dans l'orage un monarque au berceau,
i vient de la Discorde aux pieds de la Justice
　　Éteindre le flambeau !

l est le Roi des jours que l'Orient adore :
par l'astre des nuits son orbe est effacé,
pâlit, mais soudain fait jaillir une aurore
　　De son char éclipsé.

er prince, que le nom d'une cité fidèle
die au premier vœu d'un auguste retour,
vainqueur de la Ligue à son trône t'appelle
　　Pour un siècle d'amour.

os danses, nos festins, le tambour et la lyre,
os toits illuminés par un défi jaloux
emblent dire à l'objet du plus touchant délire :
　　Tous les cœurs sont à vous !

ENRI..... Mais taisez-vous ; voici, Muses royales,
alherbe dont Lutèce admira les accens !
aisons-lui respirer ces roses baptismales,
　　Qu'il préfère à l'encens.

e voici ! je l'atteins au banquet du Parnasse,
ù l'Apollon des lys s'enivre de nectar !...
mbrassons-nous, Malherbe ! et toi, divin Horace,
　　Chante un hymne à César !

　　　　　　　　Le comte H. DE VALORE.

STANCES

Un beau lys se mourait, sa tige était flétrie ;
Je voyais ses appuis et ses fleurs à la fois
Tristement s'incliner sur la terre rougie
    Du noble sang des Rois.

A mes yeux aujourd'hui sa tige se balance ;
Ce lys avec orgueil a relevé ses fleurs .
Un rejeton nouveau de la terre s'élance ;
    France, sèche tes pleurs.

Le ciel couronne enfin ta féconde souffrance,
Princesse bien aimée, à qui France et Berri
En vain pour premier né, dans leur impatience,
    Demandaient un Henri !

Salut, fils de nos Rois ! Viens consoler la France
Du coup qui, te privant de l'appui paternel,
D'avance menaçait ta fragile existence
    Dans le sein maternel !

Crois pour notre bonheur ! Que le Dieu de tes pères
De précoces vertus orne ton jeune cœur !
Qu'il ménage pour toi des jours longs et prospères !
    Crois pour notre bonheur !

        Ch. DU Rosoir, *professeur d'histoire au collége*
              royal de Louis-le-Grand.

VERS

SUR LA NAISSANCE DU PRINCE NOUVEAU NÉ.

Le voilà donc enfin cet enfant précieux
Qu'appelait notre amour, que demandaient nos vœux!...
Plus de doute, de crainte ; il vit!... Ah! sa naissance
Est pour la France entière une autre Providence!
Combien à son aspect les cœurs sont attendris!
Cet enfant est l'espoir et le soutien des lis!...
Illustre rejeton, soustrait à tant d'orages,
Sous l'aile du Seigneur vois des jours sans nuages!
Que ta tige immortelle à nos derniers neveux
Donne des souverains dignes de leurs aïeux!
Louis Douze jadis dut sa haute origine
A l'infortuné prince époux de Valentine :
Ton malheur est le même, et les mêmes destins
Te rendront comme lui l'idole des humains :
Il fut de ses sujets le protecteur le père ;
Tu seras pour ton peuple un ange tutélaire....
Mais cet auguste Roi, dont le généreux cœur
Retrace de Henri la bonté, la douceur,
Dont l'univers surpris admire la clémence,
Et qui dans ses bienfaits trouve sa récompense,
Ce prince magnanime en tout lieu révéré,

Que la France a nommé Louis-le-Désiré,
Ce monarque, à l'honneur, à la gloire fidèle,
Guidera ton jeune âge, et sera ton modèle.
Si de sombres cyprès ombragent ton berceau,
Si la patrie en deuil pleure sur un tombeau,
Que ton aspect touchant tarisse enfin ses larmes,
Et que pour toi les cœurs ignorent les alarmes!
Des Bourbons, de l'Etat les désirs sont remplis;
De Caroline enfin nous possédons un fils!...
A ce bonheur, d'Artois, aurais-tu pu t'attendre!
C'est Berry, c'est ton fils qui renaît de sa cendre!...
Oui, cet auguste Enfant te le rend en ce jour,
Et la France lui voue un éternel amour!
Que des hymnes de paix, que des chants d'allégresse
Consacrent nos transports et notre douce ivresse!...
Rendons grâce au Seigneur.... Que nos pieux accens
Portent jusques aux Cieux nos vœux et notre encens!....
Mais quel est ce mortel qui frappe ici ma vue?.....
Quel trouble, quelle joie en son âme éperdue!
Ce fidèle sujet, ainsi que Siméon,
Bénit du Tout-Puissant l'incomparable don;
Tel que le saint vieillard il répète, il s'écrie:
« Dieu, termine mes jours, dispose de ma vie!
» Mes yeux ont contemplé mon Prince, mon Sauveur;
» Que puis-je souhaiter après tant de bonheur!..... »
A ce sublime élan qui pourrait méconnaître
Ce zélé serviteur, cet ami de son maître,

5

6

Ce brave Nantouillet, qu'à son dernier moment
Berry pressait, hélas ! sur son cœur défaillant !.....
Funeste souvenir !.... image trop cruelle !
Ne venez point troubler une fête si belle !...
Songeons à cet enfant, à ce bien précieux
Que la France attendait de la bonté des cieux....
Princesse idolâtrée, à ton grand caractère
Nous devons le bonheur de te voir encor mère !...
Ton âme supporta les plus terribles coups ;
Ta vertu du Très-Haut désorma le courroux !
Cet enfant est le prix de ton noble courage ;
Que la France t'en rende un éternel hommage !

Par Mme ***

ENCORE UN BOURBON !

RONDE DU FAUBOURG SAINT-ANTOINE,

Chantée à l'occasion de la naissance du DUC DE BORDEAUX;

AIR : *En revenant de Bâle en Suisse.*

Bons Français, de la Providence
Bénissons ensembl' l'heureux don !
Vous entendez r'tentir, je pense,
Les cris, les cloches et l' canon :
    Gais ! à l'espérance
    Livrons-nous tout d' bon !
    Pour le bien d' la France
    Encore un Bourbon !...

C' Prince, objet d' notre impatience,
Est né pour le bonheur de tous :
C'est un fils d' plus pour le Roi d' France,
Et c'est encore un pèr' pour nous.
    Gais, etc.

Seul espoir de sa bonne mère,
Il accourt pour la consoler,
Et tarir les pleurs qu' son pauv' père
Depuis sa mort a fait couler.
Gais, etc.

D'un' famill' que l'Europe estime
Il vient consolider les droits :
Vaut ben mieux un Roi légitime
Qu' tant de prétendans comme autrefois.
Gais, etc.

Comm' son aïeul, c' bon Henri Quatre,
A qui son pèr' a r'semblé tant,
Tout nous fait croir' qu'il saura s' battre,
Etr' franc buveur et verd galant.
Gais, etc.

Avec d' bons Rois par tout' la terre
On n' va pas semer les Français ;
Et j' soutiens qu'un empire en guerre
Ne vaut pas un royaume en paix.
Gais, etc.

En voyant augmenter c'te race
Qui n' rêva jamais qu' not' bonheur,
Si les méchans font la grimace,
Les bons Français chant' de bon cœur :
Gais, etc.

La paix, l' commerce et l'abondance
Chez nous n' cesseront d'exister
Tant que nous pourrons dire en France,
Ou tant que nous pourrons chanter :
      Gais, etc.

La France, d'puis long-temps en peine,
Dit en voyant c' petit souvr'ain :
Si la Concord' veut êtr' marraine,
Le Bonheur sera le parrain.
      Gais, etc.

Pour bien célébrer la naissance
De ce royal gentil Poupon,
Il faut boire autant d' coups j' pense
Qu'on a tiré de coups d' canon.
      Gais ! à l'espérance
      Livrons-nous tout d' bon !
      Pour le bien d' la France
      Encore un Bourbon !...

Écrit sous la dictée de *Louis-Henri-Charles-*
Philippe - Antoine - Ferdinand - Marie -
Thérèse - Charlotte - Caroline - Dieudonné
LEFRANC, par CAPELLE.

C'EST UN GARÇON!

CHANSON POUR LA NAISSANCE DE MGR. LE DUC DE

BORDEAUX.

Air : *Le premier pas.*

C'est un garçon ! j'ai dans mon allégresse
Compté deux fois douze coups de canon.
Dans tout Paris on s'agite, on s'empresse ;
Chacun s'aborde et dit avec ivresse :
      C'est un garçon !   (*Bis.*)

C'est un garçon, et nos lys refleurissent ;
Bien venu soit leur noble rejeton !
Dans leur effroi tous les méchans pâlissent ;
Dieu ne veut pas que les Bourbons finissent.....
      C'est un garçon !   (*Bis.*)

BERRY n'est plus, lui qui de bienfaisance
A chaque instant donnait une leçon !
Ils l'ont frappé ; mais au lieu de vengeance,
Le dernier don qu'il a fait à la France,
      C'est un garçon !   *Bis.*)

C'est un Français! par quelque vain grimoire
Si l'étranger voulait rompre la paix,
En ajoutant à nos titres de gloire
Il conduira nos fils à la victoire.....
    C'est un Français!   (*Bis.*)

C'est un Bourbon! s'il porte la couronne,
On le verra digne d'un si grand nom;
Il aura l'âme et généreuse et bonne;
Il ne voudra le malheur de personne;
    C'est un Bourbon!   (*Bis.*)

        Joseph PAIN.

CHANSON

A L'OCCASION DE LA NAISSANCE DU DUC DE BORDEAUX.

Air: *La Garde royale est là.*

C't Enfant qu' d'avance on adore,
Nous disions-nous tout c't été,
Pourquoi n' vient-i' pas encore,
Quand il en vient d' tous côtés?
Morgué! moi ça m' tarabuste
De voir qu'il tarde com' ça,
Et si l' ciel veut être juste,
En r'tour des pleurs qu'on versa,
   l' nous f'ra   (*bis.*)
Cadeau de c' petit Ange-là.

A c' matin, l'espoir dans l'ame,
Près du pavillon Marsan
Je rôdions avec not' femme;
V'là qu' j'entends des voix s' disant :
« Comm' les aut' i' saura plaire;
» I' s'ra brave et bon, oui dà !
» Comm' son père et comm' sa mère :
» Tout' la France l' chérira. »

Et sur ça
J' dis m'y v'là ;
C'est un p'tit Bourbon qu'est là.

J'embrass' ma femme, et j' l'emmène
Sur la terrass' du château ,
Qui déjà s' trouvait tout' pleine
D' Français du bon numéro ;
L' Roi, son frère, son n'veu, sa nièce
Bientôt de c'te naissanc'-là
En s' montrant r'doublent l'ivresse ,
Et tout l' monde s' dit : les v'là !
      Mais l' papa   (*Bis.*)
Malheureus'ment n'est pas là !

Espérons pourtant qu' la France
R'trouv'ra c' ferme appui des lys ,
Puisque v'là qu'la Providence
L' fait renaître dans un fils :
Héritier du cœur d' son père ,
Que tout bon Français pleura ,
Jugez du bien qu'il doit faire ,
Puisqu'à peine au monde, v'là
        Que déjà,
        Oui déjà,
I' vient sécher ces pleurs-là !

G'nia pas sept ans qu'à la ronde
. Je voyons tous nos enfans
Prendre le ch'min d' l'autre monde
Long-temps avant leurs parens;
Grâce à not' Roi, not' pèr' tendre,
Chacun à son tour vivra;
Et pour aimer et défendre
Le nouveau p'tit Princ' que v'là,
      Dans c' temps-là   (*Bis.*)
Tous nos p'tis enfans s'rout là !

Par MM. Désaugiers et Gentil.

———

COUPLETS

SUR LA NAISSANCE DE S. A. R. MGR. LE DUC DE
BORDEAUX.

AIR DE LA RONDE : *Ah! le cœur à la danse.*

Quel bruit et quels transports joyeux!
    Quelle touchante ivresse!
On chante, on rit, dans tous les yeux
    Eclate l'allégresse!
  Faut-il en être étonné?
  Un Royal Enfant est né.....
    Ah! de la Providence
Ce bienfait prouve le pardon,
    Puisqu'aux vœux de la France
    Elle accorde un BOURBON!

Tendre objet d'espoir et d'amour,
    Ah! mon âme ravie
Se transporte en l'heureux séjour
    Où tu reçus la vie :
  J'y vois du vaillant BERRY
  L'auguste père attendri :

« Calmez votre souffrance,
Dit-il d'un air sensible et bon ;
    « CAROLINE, à la France
    « Vous donnez un BOURBON. »

A côté d'un jeune héros,
    Noble, touchante et belle,
A mes yeux s'offre de Bordeaux
    L'Héroïne immortelle :
    Ce jour mille fois heureux
    Vient accomplir tous ses vœux :
    Voilà son espérance !
Voilà le noble rejeton
    Tant promis à la France !...
    C'est un jeune BOURBON !

Près de son berceau glorieux
    Quel divin éclat brille !
J'aperçois tous les grands aïeux
    De sa noble famille,
    Philippe, François, Louis,
    Et le plus grand des Henris :
    Pour doter son enfance
Chacun sur lui répand ses dons,
    Et promet à la France
    Les vertus des BOURBONS.

Qu'il puisse égaler en bonté
Sa jeune et tendre mère,
En valeur comme en loyauté
Son aïeul et son père !
De tous les Français un jour
Qu'il soit l'orgueil et l'amour !
Pour fêter sa naissance
Tels sont les vœux que nous formons
Comme amis de la France,
Comme amis des Bourbons.

Le ciel m'inspire, et je prédis
Que cet enfant auguste
Défendra la gloire des lys,
Qu'il sera ferme et juste :
Il règnera par les lois,
Mais il soutiendra ses droits....
Vrais amis de la France,
Chantez, chantez ! c'est un Bourbon !
Ennemis de la France,
Tremblez ! c'est un Bourbon !

Par M***.

SCÈNES

EN L'HONNEUR DE LA NAISSANCE

DE MGR LE DUC DE BORDEAUX,

Pat MM. DÉSAUGIERS ET GENTIL.

PERSONNAGES.

Victor VALENTIN.
Félix VALENTIN.
THOMAS.
MARGUERITE, femme de Thomas.
LUBIN.
VICTOIRE.
MATHURINE.
Un COURRIER.

SCÈNES

EN L'HONNEUR DE LA NAISSANCE

DE Mᴳᴿ LE DUC DE BORDEAUX,

et jouées sur le théâtre du Vaudeville à la suite de la pièce des Deux Valentin (*a*).

SCÈNE PREMIERE.

(*On entend le canon.*)

V. VALENTIN.

Qu'est-ce que c'est qu'ça ? Corbleu, v'là une musique que je connais !

MARGUERITE.

Ah, mon dieu ! est-ce que ce serait...

---

(1) MM. Désaugiers et Gentil, qui ne négligent jamais une seule occasion de prouver leur dévouement à la famille des Bourbons, ont improvisé ces scènes, et les ont fait jouer le soir même de la naissance de Mgr le Duc de Bordeaux; elles ont été accueillies avec le plus vif enthousiasme.

6

THOMAS.

C'est, morgué, ben du canon!

F. VALENTIN.

Et du quarante-huit, ventrebleu! Ça m'ragaillardit!

VICTOIRE.

C'est drôle; c'ti-là ne m'fait pas peur comme l'autre.

LUBIN.

A moi non plus.

MARGUERITE.

On avait dit que ce serait pour entre le vingt et le trente.

THOMAS.

La naissance si désirée?

TOUS.

En effet!

THOMAS.

Si ça pouvait être!

LUBIN.

Ça continue.

VICTOIRE.

C'est bon signe.

TOUS.

Ecoutons.

CHOEUR.

Air des Chevaliers de la Fidélité.

D'un Prince auguste, hélas! lorsque la France
Garde et chérit le souvenir si doux,
Permets, permets, céleste Providence
Que dans un fils il renaisse pour nous!

SCENE II.

LES PRÉCÉDENS, MATHURINE *essoufflée, et accourant un paquet de hardes sous le bras.*

MATHURINE.

C'est un Prince! c'est un Prince!

TOUS.

Un Prince!

CHOEUR.

AIR : Vive Henri-Quatre.

Vive Henri-Quatre,
Dont chaqu' fils en naissant
D' plaisir fait battre

Not' cœur reconnaissant !
Vive la France !
Vive l'enfant chéri
De qui la naissance
Vient nous rendre Berry !

MATHURINE.

Dites-moi donc, mes enfans, s'il y a encore loin d'ici à Paris.

THOMAS.

D'ici à Paris, la mère? vous avez ben encore trois bonnes lieues.

MATHURINE.

Trois lieues !

THOMAS.

Tout autant. Est-ce que vous y allez?

MATHURINE.

J' crais ben qu' j'y vas, et au château du
Roi encore !

V. VALENTIN.

Au château du Roi ! et qu'allez-vous y
faire ?

MATHURINE.

J' vas lui rendre un service.

F. VALENTIN.

Un service au Roi !

MATHURINE.

Et à toute la France donc, puisque j'allons
m' proposer pour allaiter le p'tit Prince.

THOMAS.

Oui, on vous attend pour ça.

MATHURINE.

J' sais ben que non ; mais en cas
d'besoin un d'plus n'est pas trop ; et puis
p't-êt' ben qu'sus ma bonne mine....

V. VALENTIN.

C'est sûr qu' si j'étais aussi ben né
d'hier....

Air : Tenez, moi je suis un bon homme.

C'est qu' vraiment ça vous fait envie,
Et j' m'abonn'rais, foi d'Valentin,
Pour tout le reste de ma vie
A boir' du lait au lieu de vin :
Ma soif s'rait toujours sans pareille,
Et c' qui s'rait encor plus heureux,
C'est qu'au lieu d'un' seule bouteille
D' vant moi j'en aurais toujours deux.

(Il veut lutiner Mathurine.)

MATHURINE.

A bas les mains; c'n'est pas là ous que j'en sommes; mais, **pour en r'venir c' que j'disions,**

AIR : Amis, dépouillons nos pommiers.

Qu'on m' donne un si cher nourrisson ,
 Et, l'aimant plus qu' moi même,
J' réponds de nourrir le poupon
 D'un lait qui vaut d' la crême...
  R' gardez-moi c' teint-là !
  Dam' c'est qu' dans tout ça
J' dis qu'i gnia rien d' factice !
  Mon homme est luron ,
  Mais i' s'ra garçon
Tant que je s'rai nourrice.

THOMAS.

Corbleu ! bonne mère, il faut que j'vous embrasse.

MARGUERITE.

Eh ben, eh ben, monsieur Thomas !

F. VALENTIN.

Elle a raison, monsieur Thomas; vous êtes marié vous. (*Il embrasse Mathurine.*)

V. VALENTIN.

A mon tour, belle nourrice ; j'suis aussi garçon moi.

MATHURINE.

Tiens ! si on n'dirait pas qu' c'est l' même.

F. VALENTIN.

C'est l' même cœur.

V. VALENTIN.

C'est qu'elle est ma foi très-appétissante ! J'vous garantis, ma chère, qu' si le p'tit Prince n'peut pas être vot'nourrisson, vous en aurez d'autres à Paris.

MATHURINE.

D'autres ! j'n'en voulons pas ; j'nons pas quitté not' fieu pour c'ti-là d'un étranger, j'n'élevons qu'les enfans qui nous appartiennent.

LUBIN.

C'est ça ! comme c'lui d'la Princesse ; pas vrai ?

MATHURINE.

Vous croyez rire ?

AIR : C'est un enfant.

Est-c'que j'n'adorons pas sa mère
Comme un enfant qu'j'aurions nourri?
Est-c'que je n'aimons pas son père
Ni pus ni moins qu'un fils chéri ?
L'p'tit ang' qui vient d'naître
D'tous deux a r'çu l'être ;
Vous voyez bien par conséquent
  Qu'c'est not' enfant.   (*Bis.*)

F. VALENTIN.

C'est ça ! vive not' nouveau prince !

AIR : C'était Renaud de Montauban.

Que n'ai-je encor cet âge heureux
Où, plein d'ardeur et de courage,
Je combattais pour ses aïeux,
Dont il sera la noble image !
Tout nous présage ses succès ;
Tout nous prédit sa bienfaisance ;
Tout nous répond de sa vaillance :
C'est un Bourbon, c'est un Français !

THOMAS.

Allons, mes amis, buvons un coup à la
santé du Roi!

TOUS.

Oui, à la santé du Roi !

SCENE III.

Les précédens, UN COURRIER.

LE COURRIER.

Un moment, un moment donc; est-ce qu'on
boit les uns sans les autres aujourd'hui?

THOMAS.

Jarni! j'parie qu'c'est l'courrier qui porte
la bonne nouvelle.

LE COURRIER.

Oui, mes amis, et au père de la jeune
Princesse encore!

MARGUERITE.

Il est déjà tout en nage.

LE COURRIER.

Dix minutes pour arriver ici!

Air du vaudeville des Amazones.

Pour annoncer les heureuses nouvelles
Moi j'ai toujours le pied dans l'étrier;
Dès que je pars mon cheval a des ailes,
Et le vent seul pourrait me défier :   (*Bis.*)
Mais aujourd'hui, dans mon ivresse extrême,
Ce sera bien autre chose, ma foi!
Et je réponds qu'on ne verra pas même
Le télégraphe arriver avant moi !   (*Ter.*)

V. VALENTIN.

Comme on doit être content à Paris!

LE COURRIER.

Je crois bien!

F. VALENTIN.

Contez-nous donc ça.

LE COURRIER.

Volontiers.

Air : C'est l'intrigue qui varie.

Dès la veille un doux présage,
Inspiré par le désir,
Animait chaque visage
D'espérance et de plaisir.
Chacun, les mains vers les cieux,
Pour un fils forme des vœux.
Enfin, moment fortuné,
L'heure chérie a sonné!
Le canon se fait entendre :
A ce bruit rempli d'appas
On voit tout Paris suspendre
Ses travaux, ses jeux, ses pas.
Paix..... Déjà le nombre heureux
A cessé d'être douteux ;
Mais, par le trouble agité,
On craint d'avoir mal compté ;
Les cœurs ne cessent de battre

A chaque coup de canon :
On en compte enfin vingt-quatre !
O bonheur ! c'est un garçon !
Comment vous peindre un tableau
Si touchant, si doux, si beau !
C'est un délire, un accord !
De plaisir j'en pleure encor !
Chacun à la fois s'écrie ,
D'amour, d'ivresse , éperdu :
Quel bonheur pour ma patrie !
Berry, tu nous es rendu !
On se presse, on s'attendrit,
On s'embrasse, on pleure, on rit ;
Et la nièce de Louis
De nos cœurs épanouis,
Pour prix de tant de souffrance,
Entend s'échapper ces mots :
Vive l'espoir de la France !
Vive le Duc de Bordeaux !

TOUS.

Vive l'espoir de la France !
Vive le Duc de Bordeaux !

LE COURRIER.

Mais je ne peux pas m'arrêter ; adieu
mes enfans ; je ne tarderai pas à vous re-
voir. (*Il sort.*)

SCENE IV.

LES PRÉCÉDENS, excepté LE COURRIER.

V. VALENTIN

Bon garçon tout d'même.

MATHURINE.

Ah ça ! est-ce que je n'chantons pas une ronde pour nous délasser?

THOMAS.

Si fait, parbleu ! et j'commence.

RONDE.

Air : De Pantin.

Pour boire à la santé
Du Roi qu'chérit la France,
Pour boire à sa bonté ,
A sa rare clémence,
   Eh ! tin, tin tin,
J'suis d'là quand l'jour commence !
Eh ! tin, tin, tin, tin, tin ;
J'suis d'même à son déclin!

V. VALENTIN.

Faisons sauter, amis,
Et bouchons et fillette;
Grâce à la nièce d'Louis

Notre ivresse est complette.
    Eh! bon, bon, bon,
La France est en goguette!
    Eh! bon, bon, bon,
C'est encore un BOURBON!

F. VALENTIN.

Bon sang ne peut mentir;
Vienne l'moment d'combattre,
  Et j'pouvons garantir
Qu'fameux dans l'art de battre,
    Le noble enfant,
Sur les pas d'Henri-Quatre,
    Eh! pan, pan, pan,
Ira tambour battant !

LUBIN

Dans neuf mois à not' tour
J'aurons, comme je l' désire,
Un p'tit fruit d' not' amour,
Et dans c' jour où j'aspire,
    Si pour Lubin
C' n'est pas l' canon qu'on tire,
    J'espérons ben
Qu'on tirera du vin.

MARGUERITE

Enfans, l' moment est bon,
Et l'exemp' salutaire,
Profitez d' la leçon

D'un' Pri ncesse si chère :
  Avant un an,
Dans mon temps je fus mère,
J' veux être grand' maman.

MATHURINE

Si le bonheur voulait
Que j' sois sa nourricière,
D'abord au lieu de lait
Pour sa boisson première
  J' li f'rais soudain,
Comme on fit au grand père
  Boire un doigt d' vin
Pour en faire un malin.

VICTOIRE *au public.*

Quand pour l' nouveau BOURBON
Qu'aujourd'hui l' ciel nous donne
La France à l'unisson
Au plaisir s'abandonne,
  Des pon, pon, pon
Du canon qui résonne,
Qu'un bon pan, pan, pan, pan
Devienn' l'écho frappant.

FIN.

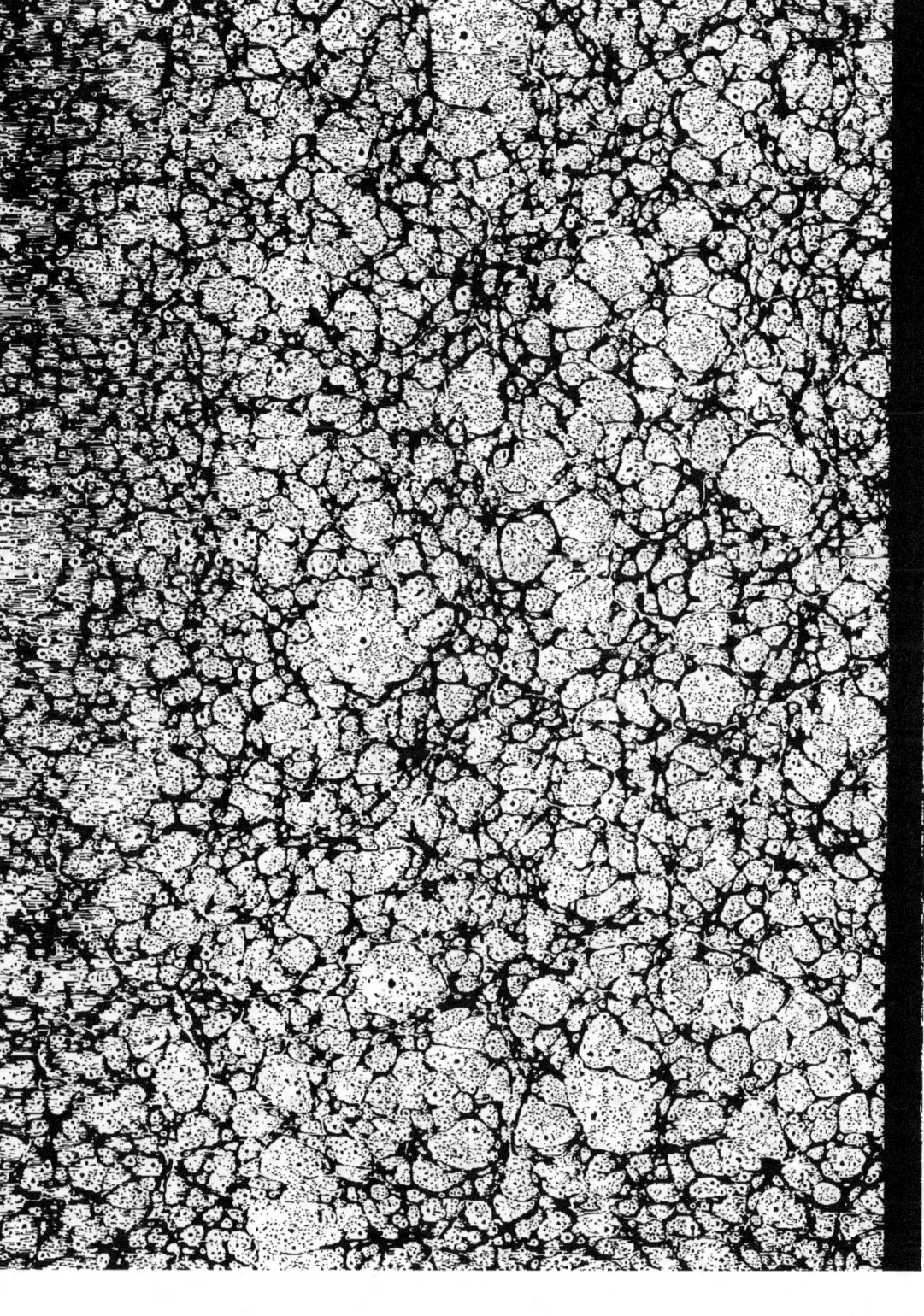